AF280899

Schnecken queren

von
Stefan Nowicki

Meinen Eltern

Herstellung: Libri Books on Demand GmbH
ISBN 3-8311-1513-3

Ich gehe längs des Wegs
Die Schnecke quer
Und mich bewegt,
Wer denn am End' wohl mehr
Des Wegs zurückgelegt.

Distanz und Nähe

Da hätte der Schaffner beinahe seine Arbeit vergessen. Meine Schuld. Und hätte der Zug nicht wieder einmal in einem Bahnhof gehalten, er wäre wohl bei uns sitzen geblieben, hätte seinen Dienst nicht so bald wieder aufgenommen. Vor ungefähr 400 Kilometern war ich in diesen Zug gestiegen. Bis zu Hause waren es vielleicht noch 250. Ich hatte auf einen Fensterplatz in Fahrtrichtung, in einem halbvollen Abteil gehofft. Doch es war voller als sonst. Ferien? Ein Feiertag? Wer weiß. Mit etwas Glück bekam ich noch einen Sitzplatz, in der Mitte mit dem Rücken zum Ziel, das mir angesichts der Enge unheimlich weit weg erschien. Ich war der letzte Ankömmling in dieser Sechspersonenzelle und mußte nehmen, was mir überlassen wurde. Die anderen hatten ältere Rechte und ich keine Reservierung. Also nahm ich meine Zeitschrift und blätterte lustlos vor und zurück. Die wirklich interessanten Artikel hatte ich gestern schon, gleich nach dem Kauf des Blattes, gelesen, auf einer freien Bank im Park. Nun quetschte ich die letzten Tropfen Text aus den Seiten, die mir noch lesenswert erschienen. Doch wie sollte ich den schon recht dürftigen Inhalt einer Zeitung genüßlich lesen, die ich, eingezwängt wie ich war, noch nicht einmal voll aufschlagen konnte? Neben mir ein Typ in mittelfeinem Anzug hatte sich auf Schlafen verlegt. Den Kopf an die Begrenzung zu meinem Sitzbereich gepreßt, mir so nahe, daß ich seinen Atem spürte, seinen Unterarm auf der ganzen Länge der Armlehne geparkt. Auf der Seite zum Fenster, die Dame drehte mir den Rücken zu, die Füße auf dem Heizungsrost, ihren Schal über die Wirbelsäule herunterhängend bis in meinen Schoß, ihren Ellenbogen auf der Spitze der Armlehne zu meiner Rechten. Sie roch intensiv nach Erfrischungstüchern, einem Parfüm, das ich nicht mochte und Kaugummiatem, den sie hin und wieder schmatzend, unablässig ausstieß. "Fehlt eigentlich nur noch der Duft einer Leberwurststulle."

Das hätte ich nicht denken dürfen. Denn gerade da kramte der alte Mann gegenüber des Schlafenden eine Brotbüchse hervor, klappte die kleine Tischplatte neben der Tür aus und bereicherte unsere Atmosphäre auch noch mit Kaffeedampf aus einer Thermoskanne. Hilfesuchend sah ich mich um. Das Fenster war zu, die Schlitze an der Tür waren offen, der Lüftungshebel über ihr stand auf "Max". Zwecklos! Sehnsüchtig sah ich wieder zum Fenster, wissend, daß ich mich nicht aufzustehen trauen würde, um es einen Spalt weit aufzuziehen. Draußen schob sich Landschaft vorbei. Dann fiel mein Blick auf den von mir erhofften Fensterplatz in das Lächeln einer jungen Frau. Ihre Augen wirkten wie frische Luft. Ein kleiner Schauer lief mir über den Nacken. Ich senkte meine Augen verlegen, gleich wieder in ihre Richtung sehen wollend. Darauf hatte sie wohl gewartet. Sie sah mich an und schien meine Atemnot zu spüren. Kurz hielt sie inne, als wollte sie fragen, rate mal was ich jetzt mache, und dann streckte sie ihren schlanken Arm nach oben. Der Ärmel ihrer Bluse rutschte dabei bis über den Ellenbogen. Sie faßte den Griff des Fensters und zog es einen Spalt auf. Unvermutet sah sie mich wieder an und meine Augen sprühten Beifall für das Lüften, wie für ihren Arm und seine grazile Bewegung. In diesem Augenblick war mir egal wie lange die Reise noch dauern sollte, nur mein Fuß war da anderer Meinung. Er war eingeschlafen. Ich hätte gerne die Beine bewegt, doch mir gegenüber saß ja noch jemand. Ein Kerl der ausgesprochen selbstbewußt schien. Zumindest deuteten dies seine bis unter meinen Sitz ausgestreckten Beine an. Er las eine Illustrierte und hatte den Kopfhörer eines Walkmans auf den Ohren. Sein Haarschnitt und der olivgrüne Seesack im Gepäcknetz über ihm, sagten mir, Bundeswehr auf Wochenendheimfahrt. Und ich ließ meinen Fuß weiter schlafen. Der alte Mann neben der Tür hatte seine Brotzeit beendet. Mein Nebenmann sabberte im Schlaf, ein dünner Speichelfaden hing von seinem Mundwinkel bis zu einem kleinen, dunklen Fleck auf dem Jackenkragen. Die Luft war nun etwas besser und die Frau neben mir gönnte sich einen neuen Kaugummi mit viel Minze. Schweigend hockten wir uns auf der Pelle und ich konnte die Bahnreklame über unseren Köpfen schon auswendig. Meine Zeitung war alle. Ich sehnte mich nach Unterhaltung, aber alles Ansprechbare saß hinter einer Mauer des Fremden, weit weg in eigenen Gedanken. Auch meine Frischluftprinzessin. Sie hatte eine Zeitschrift über Wohnen und Raumgestaltung hervorgeholt und folgte nun Zeile um Zeile, anstatt den Oberleitungsmasten vorm Fenster. Ich beobachtete sie, wie sie da saß, die Beine unter dem Stoff des Rockes übereinandergeschlagen, in Ruhe lesend. Da nörgelte der Soldat: "Es zieht." Doch in Sachen Fenster hatte sie Hosen an. Der Kerl kehrte schmollend unter seine Kopfhörer zurück und tat Unwohlsein kund, indem er die Arme verschränkte und seine Beine an sich zog. Welch Glückes Geschick. Ich bewegte vorsichtig meinen schmerzenden Fuß in die Mitte des Ganges ohne jemanden zu nahe zu treten. Er erwachte kribbelnd. Auch mein Nachbar wischte sich den Speichel ab und überließ mir die Armlehne. Jetzt hatte ich es bequemer, aber die Langeweile quälte mich weiter. Ich blätterte noch mal durch mein Heft, sah mich wieder um. Die Beherrscherin des Fensterspalts blätterte auch nur noch unschlüssig in ihrem Magazin und ließ es schließlich, offensichtlich ebenso gelangweilt wie ich, sinken. Sie sah mich an. Meine Verzweiflung gab mir einen Tritt und ihre Augen einen Stoß. Ich traute mich wirklich sie anzusprechen. Alle im Abteil sahen mich an.

"Möchten sie vielleicht meine Zeitung? Wir könnten ja tauschen." lautete mein Vorschlag, deutlich hörbar für alle, und das Gleichgewicht des nötigen, sittsamen Abstandes in dieser Enge, brach zusammen. Die Angesprochene war dankbar für meinen Vorschlag. Sie strahlte mich an und sagte schlicht: "Gerne." Sie reichte mir ihre Zeitschrift. Ich gab ihr die Meinige. Dann wollte ich mich hinter die neue Lektüre zurückziehen, doch das war nun nicht mehr möglich. Mein Gegenüber hatte die Kopfhörer nur noch um den Hals hängen und glotzte begeistert in die Runde. "Mensch das ist ja ne tolle Idee." jubelte er und hielt seine Zeitung hoch. "Möchte jemand mit mir tauschen?" Die Pfefferminzkaugummifrau wollte gerne, hatte aber als Gegenleistung nur ein Rätselheft, wie sie bedauerte. Der Soldat fand es durchaus passend. Zufrieden machte er sich gleich an ein Kreuzworträtsel. "Dürfte ich mitmachen?" Fragte ihn daraufhin der ältere Herr und im Einverständnis legten sie das Heft zwischen sich auf die Armlehne, und fanden Wort um Wort. Meine Blicke wanderten verwundert durch das Abteil. Hunderte von Kilometern nicht ein einziges Wort und nun diese Eintracht. Es schien ansteckend zu sein. Der Mann zu meiner Linken hatte zwar nichts zu Lesen, doch bot er uns allen unvermutet nun Pralinen an. Die Dame rechts von mir ließ ihren Kaugummi im Aschenbecher verschwinden und beteiligte sich mit einer Packung Butterkekse. Der Bundeswehrler hatte Limonade und sein Rätselkollege bot einen Schluck Kaffee an. Ich kam gar nicht mehr zum Lesen. Die junge Frau ebensowenig. Sie lächelte und reichte mir die Kekse. "Interessieren sie sich für Innenarchitektur?" Und ich erzählte ihr von meinem Einzimmerappartement, den Anregungen, sowie von den Träumereien, die ich mir gerne aus solchen Zeitschriften holte. Während wir uns unterhielten, kamen wir einander immer näher. Sie hatte sich vorgebeugt, und ich war auf die vordere Kante meines Polsters gerutscht, mit den Ellenbogen auf den Knien zu ihr hingeneigt. Hinter meinem Rücken unterhielten sich meine Nachbarn und vernichteten Pralinen. Im Gang erschien die uniformierte Gestalt des Schaffners. Er versuchte die Reservierungskärtchen aus der Halterung neben der Tür zu fischen, schaffte es aber nicht, weil er gefesselt war von dem Bild, das sich ihm hinter der Scheibe bot. Er öffnete die Tür. "Die Fahrkarten bitte." Erstaunt sah er jeden von uns sein eigenes Billett hervorkramen. "Sie sind keine Reisegruppe?" fragte er beim Abstempeln. Wir schüttelten verwundert über die Frage die Köpfe. "Es ist richtig schön, mal in ein Abteil zu kommen, in dem sich die Reisenden wohl fühlen." Erklärte sich der Schaffner und bekam prompt vom alten Mann, der die Armlehne hochklappte und mit dem Soldaten zusammenrückte, einen Sitzplatz und Kaffee mit Keksen angeboten. Der Kontrolleur fand es viel zu schön bei uns, als daß er hätte ablehnen können. Schon saß er bei uns und wir hörten ihm zu, wie er Eindrücke aus seiner Berufswelt schilderte, die unser Abteil aus der Normalität hoben. Wir saßen da, tauschten Erfahrungen aus, doch so wie wir einander näher kamen, rückten auch unbemerkt, unweigerlich unsere Reiseziele heran. Es kam der Bahnhof, der den Schaffner zum Aufstehen zwang. Der mittelfeine Anzug mußte umsteigen und trug dem alten Mann, der hier erwartet wurde, seinen Koffer auf den Bahnsteig. Wir sahen noch, wie man sich freundlich voneinander verabschiedete, nach dem der Angekommene den Umsteiger seine Frau vorgestellt hatte. Der Soldat setzte seine Kopfhörer wieder auf und rätselte nun alleine weiter. Die junge Frau fragte mich, was ich besser fände, ein Hochbett oder eine Matratze in einem Podest? Und meine Nachbarin, ohne Kaugummi mir viel sympathischer, redete nun mit. Wir kamen zu keinem Ergebnis, nur der nächst Halt war sehr schnell erreicht. Die Dame stärkte sich mit einem Kaugummi, nicht ohne uns auch einen anzubieten, schlüpfte in ihren Mantel und verabschiedete sich. Auch der junge Musikfan mußte gehen, gab brav das Rätselheft zurück, nahm seinen Sack auf die Schulter und die Abfälle von Essen und Trinken mit raus. Ich war mit der netten Lüfterin allein. Da keine neuen Fahrgäste wieder hinzu kamen setzte ich mich ihr gegenüber auf den Fensterplatz. Aber da war wieder alles anders. Nun, so ohne Öffentlichkeit war wieder eine Schwelle zwischen uns. Wir sahen aus dem Fenster und schwiegen. Schließlich schloß ich die Augen. Wie gerne wäre ich ihr näher und ich hoffte, daß das Wakkeln des Zuges wenigstens den Zwischenraum meiner Beine zu den ihren verringern und sie berühren lassen möge. Doch der einzige Abstand der sich verringerte, war der zwischen zu Hause und mir. Ich kam an, verabschiedete mich, noch mal ihre Augen trinkend und stieg aus, mit einer Zeitschrift unterm Arm, die sie nicht gelesen hatte. Der Zug verließ den Bahnhof. Mit ihm entfernte sie sich immer mehr, genauso wie der Zettel mit meiner Adresse in ihrem Journal.

Hinten auf das geschlossene Kuvert zu schreiben

Den Brief, den hab ich zugemacht,
Um ihn an Dich zu senden,
Doch schwirrst Du mir im Kopf umher.
Ich halte Deinen Brief in Händen,
Les´ Deine Zeilen einmal mehr.
Du hast an mich nicht nur gedacht.

Kleine Fluchten

Als er noch allein, doch bereits mit einem flauen Gefühl im Magen, am Küchentisch saß, stellte er sich vor, wie sie gleich herein kommen würde. Er würde ihr einen Kaffee anbieten und wenn sie ihm dann gegenüber sitzen würde, wird er loslegen, endlich mit ihr darüber reden, alles erklären. Er würde am liebsten weglaufen.

Draußen stritten lautstark zwei Spatzen im Vogelhäuschen, das am Kirschbaumast direkt vorm Fenster hing. Er sah ihnen zu und bemerkte schattengleich einen dritten Vogel im Geäst über der Futterstelle. Eine Meise. Sehr zögerlich, mit kleinen, nervösen Hüpfern, näherte sie sich dem verlockenden Nahrungsangebot.

Ruth kam herein. "Oh du hast Kaffee gekocht. Fein." Sie angelte sich einen Becher vom Bord, goß sich ein und setzte sich wirklich ihm gegenüber an den Tisch.

Die Meise faßte sich ein Herz, flatterte heran und die Spatzen vergaßen ihren Streit. Mit nur einem Körnchen im Schnabel entkam sie den braunen Brüdern, zwei Zweige weit entfernt.

Er mußte einen Anfang finden. Ruth schlürfte genüßlich und schaute auch zum Fenster raus.

Die Spatzen widmeten sich dem Knacken von Sonnenblumenkernen. Die Meise flatterte wieder heran, berührte kurz das Dach, flog zu einer Seite, drehte ab, um von unten her zur anderen zu wechseln und sich ans äußerste Ende der kleinen Stange zu setzen, gleich wieder auffliegend, da ein Spatz sich in ihre Richtung stürzte.

Er hatte schon alle Ansätze im Kopf probiert, entschied sich nun für die schlichteste Version: "Ruth." Ernst sprach er ihren Namen. Sie mußte was merken. Und richtig, sie sah ihn erwartungsvoll an. Er stopfte sich schnell einen Keks in den Mund.

Die Meise wagte sich an den baumelnden Futterring unterhalb der zänkischen Sperlinge.

Er erwiderte ihren Blick, mit wackelndem Kopf und rollenden Augen bedeutend, der volle Mund hindere ihn am Weiterreden.

Das blau-weiß-gelbe Federknäul saß auf einem Ästchen. Die Spatzen hingen im Ring.

Kein Keks läßt sich ewig kauen. "Ich muß mit dir reden." Weit hatte er sich vor gewagt, nun gab es kein Zurück.

Die Meise traute sich wieder auf das Dach. An die äußerste Kante gekrallt, äugte sie kopfüber ins Innere. Ein Spatz hüpfte auf dem Dachfirst von hinten heran.

"Na sag schon, was ist?" Ruth stellte den Becher ab und wärmte ihre Hände daran. Mehr als diese Hände konnte er jetzt von ihr nicht ansehen. Er wußte von ihrem Blick, der auf ihm ruhte und holte tief Luft. "Och, es ist eigentlich nichts. Wir können auch ein anderes mal. Es ist schon spät."

Die Meise schoß nach unten, die Spatzen hinterher.

"Wovon redest du?" Ruth war sichtlich irritiert. Jetzt mußte er sie doch ansehen. "Von Kindern. In letzter Zeit fängst du immer wieder davon an und ich meine, wir sollten mal darüber reden." "Das ist aber Lieb von dir. Du hast recht, ich mache mir seit geraumer Zeit häufiger Gedanken darüber, ob es für uns, das heißt eigentlich für mich, nicht an der Zeit wäre." Jetzt lächelte sie. "Es geht uns doch gut. Ich könnte eine

Weile aufhören zu arbeiten, das wäre sicher kein Problem. Wir haben die besten Voraussetzungen oder fühlst du dich zu alt dafür?" Ihren Altersunterschied hatte er so als Argument noch gar nicht erwogen.

Die Meise war, seitlich einen Ast heraufhüpfend, bis direkt über das Vogelhäuschen gelangt. Nun flog sie auf und schwirrte ohne Umschweife hinein auf das Futter.

"Nein, das Alter ist es nicht. Du weißt, ich habe schon zwei Kinder. Und als Ursula damals nach dem zweiten erneut begann Karriere zu machen, ich in meinem Beruf total eingespannt war, da entschieden wir uns gegen jedes weitere Kind. Gott sei Dank, denn dann kam ja die Scheidung."

Die Meise fraß noch immer, aber nicht ohne ein wachsames Auge auf ihre Widersacher.

"Ja, ich weiß, aber was hat das mit uns zu tun? Wir können doch einen neue Familie gründen." Ruth schaute so lieb und er kam sich gemein vor. "Nein. Du verstehst nicht. Es geht nicht mehr. Ich habe mich damals sterilisieren lassen."

Die Spatzen waren am Boden und sammelten was herunter gefallen war.

Ruth versteckte sich hinter der Kaffeetasse. Es war heraus, er hatte es ihr endlich gesagt, doch alle Last war er nicht los.

Das Futterhäuschen war leer, die Vögel schwirrten davon und gerne hätte er jetzt die satte Meise begleitet.

Winterboten

Herbst, und nicht nur Blätter fallen.

Wir fallen

Mit, von uns zuvor, sorgfältigst

Blutrot gefärbten Worten

Übereinander her.

Der Gewinner zahlt

Das Letzte, was sie von ihm sah, war seine Silhouette im Gegenlicht, als er durch die Tür der Toilette verschwand. Die Tür klappte zu und ihr Blick blieb an dem Piktogramm hängen.

Vor zwei Stunden hatten sie sich noch geliebt und verabredet, der Verlierer lädt den anderen zum Essen ein. Sie hatte diesmal gewonnen. Er brachte sie in diese Kneipe, mit frischem Federweißen und herrlichem Zwiebelkuchen. Sie genoß alles, das Essen und Trinken, das Nachklingen des Aktes tief in ihr, den Triumph, seine Gegenwart sowie jenes Glücksgefühl, das in ihr gewachsen war, in den letzten drei Wochen, seit sie ihn getroffen hatte.

Wenn ich erzähle, es war auf der Damentoilette eines Kaufhauses, so will mir das wahrscheinlich kein Mensch glauben, aber so war es.

Er kam rein, lächelte sie durch den Spiegel kurz an und schloß eine der drei Klotüren hinter sich. Sie hörte den Reißverschluß, Stoffgeraschel und Flüssiges in Flüssigkeit fallen.

"Was war jetzt das? Sollte sie laut schimpfen, gegen die Tür treten oder die Flucht ergreifen?" Doch sie war zu keiner Regung fähig. Als er raus kam, stellte er sich neben sie und wusch sich, ungerührt von ihrer Anwesenheit, die Hände. Er sah auf, sagte: "Entschuldigung." und ging.

"Sowas Freches." murmelte sie ihrem Spiegelbild zu und nahm die Verfolgung auf. "So soll der mir nicht davonkommen. Den stell ich zur Rede." lautete ihr Vorsatz als sie ihm nachging. Vor einem italienischen Eiscafé blieb er stehen, überlegte kurz und setzte sich dann an einen der kleinen

Tische am Rande des Bürgersteigs. Sie stand da, an der nächsten Hausecke, sah wie er seine Bestellung aufgab und versuchte ausreichend Mut und Wut anzusammeln. Als sie meinte, es sei genug, rauschte sie zu seinem Tisch, baute sich davor auf und fragte durchaus aggressiv: "Benutzen sie immer die Damentoilette?" Weiter kam sie nicht. Er sah sie überraschenderweise verständnisvoll an und wies mit der Hand auf den Stuhl ihm gegenüber. "Nehmen sie doch bitte Platz. Darf ich ihnen was bestellen?" Allein durch diese zwei Sätze und seinen Blick nahm er ihr alle Kraft. Sich fragend, wie er das bloß gemacht habe, ließ sie sich wirklich auf den Stuhl nieder. Etwas Trotz machte sich in ihr breit. "Einen Cappuccino können sie bestellen und mir eine Antwort geben."

"Ich pinkel gerne im Sitzen. Die öffentlichen Männerklos sind aber meistens so verdreckt, von denen, die es gerne im Stehen tun, daß mir nur die Ihnen bekannte Alternative bleibt. Es ist sauberer. Und ich fühle mich wohler unter Meinesgleichen, der Fraktion der Sitzenden."

"Sind sie nie auf die Idee gekommen, daß sich eine Frau dadurch belästigt fühlt?"

"Sicher, aber sooft begegne ich dort gar nicht einer. Wenn aber doch, so entschuldige ich mich. Sie sind erst die Vierte die sich wirklich beschwert."

Schon bei der letzten Frage war kaum noch etwas von ihrer Wut zu hören gewesen. Sein Gesicht gefiel ihr sehr und jedesmal, wenn sich ihre Augen trafen, war es ihr, als liefe heißer Kaffee in ihren Magen. Sie hätte gerne seinen Namen gewußt. Während sie immer wieder auf den Tisch sah, hatte er sie die ganze Zeit unverwandt angesehen. Jetzt sah sie auf, und der Gedanke den sie hatte, ließ sie seinem Blick standhalten. "Warum lassen sie es dann nicht?"

"Weil es mir das wert ist. Ich will nicht anders. Ich wäre nicht mehr derselbe, wenn ich meinen Ekel übergehen würde. Es wäre der Verlust meiner Selbstachtung."

"Sind sie in allem so konsequent?" Sie wollte mehr von ihm wissen. Er überlegte, ob sie sich ihrer Schönheit bewußt sei. Er schuldete ihr noch eine Antwort, hatte aber noch so viele Fragen und ersann daher eine Möglichkeit seine Neugierde zu befriedigen. "Ich gebe mir Mühe, mir treu zu bleiben. Es tut mir wirklich leid, wenn ich sie brüskiert habe. Darf ich sie zur Entschädigung heute Abend zum Essen einladen?"

"Nur wenn sie mir im Restaurant nicht auf die Toilette folgen."

"Versprochen. Ich bin Andreas Neumann. Und wie heißen sie?"

"Voß, Daniela Voß."

Beide durchfuhr ein warmer Schauer. Sie saßen da und sahen einander an. Er hörte sein Blut in den Ohren rauschen. Sie griff sich an den Hals, weil sie meinte, er könnte sehen, wie ihre Schlagader pulsiert.

In den folgenden fünf Tagen gingen sie dreimal zusammen Essen. Sie telefonierten oft miteinander, häufig nachts. Am siebten Abend küßten sie sich und ein paar Tage später lud sie ihn zu sich ein, mit großer Lust, ihn zu verführen. Es wurde ein atemberaubender Abend. Schließlich standen sie vor ihrem Bett. Sie küßte ihn und begann sein Hemd aufzuknöpfen. Er raufte mit einer Hand ihr Haar, während die andere ihr den Rücken massierte, immer tiefer bis zum Pulloverrand. Ballerinenhaft hob sie beide Arme. Ebenso langsam fuhren seine Hände unter das Gewebe und schoben den

Pullover hoch. Kurz verschwand ihr Kopf und seine Lippen mußten von den ihren lassen. Er ließ den Pullover auf die Erde fallen und öffnete, da seine Hände gerade frei waren, die Manschetten seiner Hemdsärmel. Dann fing er von vorne an, ihren Rücken und den Hinterkopf zu liebkosen. Auch sie mußte wieder einen Anfang finden. Sie schob beide Hände unter sein T-Shirt, fand sich selbst aber zu schnell und zog sich wieder zurück, ihn küssend und nun mit den Fingern kammartig durch sein Haar fahrend. Sein Mund und seine Zunge gingen auf Entdeckungsfahrt, über ihr Gesicht bis in die Ohrmuschel. So bot er ihr seinen Hals dar, und sie biß zärtlich zu. Gleichzeitig schob sie ihm das Hemd über die Schultern. Sie sehnte sich nach seiner Haut und wollte, daß er ihre spürt. Beide dachten sie nur noch an den anderen und suchten Wege, ihm größtmöglichen Genuß zu bereiten. Als sie nach der Ewigkeit des Schmecken, Berühren und Spüren, des von sich Geben und ungewollt Nehmen, des sich Öffnen und Eindringen, des vorsichtig Tasten und ungeduldig Forschen, erschöpft, entspannt und unwahrscheinlich glücklich beieinander lagen, fand er als erster zur Sprache zurück: "Es war, als hätte ich nie eine andere Frau gekannt." sagte er und zog sie enger an sich, um sie erneut der ganzen Länge nach zu spüren. Er sah ihr nachdenkliches Gesicht und hielt inne, abwartend, was sie sagen wollte.

"Kennst du das Leiterspiel?" Er verstand nicht gleich und so begann sie zu erklären: "Das ist ein Würfelspiel, das wir als Kinder sehr mochten. Du gehst in Serpentinen über das Spielfeld, an manchen Feldern ist der Fuß einer Leiter, an anderen wiederum das Ende. Kommst du auf ein Feld, an dem eine Leiter anfängt, so darfst du hinaufsteigen und kommst so schneller voran. Triffst du aber auf das Ende einer Leiter, mußt du hinunter und dich dann wieder über die Spielfelder mühsam nach oben arbeiten, es sei denn, du kommst wieder an eine Leiter. Gewonnen hat der, der als Erster ganz oben ist. Ich finde, genauso haben wir uns eben geliebt. Ich spürte, wenn ich es zu eilig hatte und habe auch gemerkt, wie du reagiertest, wenn es mir zu schnell ging. Genauso wußten wir voneinander, wann es mehr sein sollte." Er lächelte sie an. "Und wer hat gewonnen?" Ihre Antwort kam ohne Zögern. "Du, du Schuft. Du hast kurz vorm Ziel noch eine Leiter entdeckt und ich mußte mich einfach geschlagen geben." Sie gab ihm einen dicken Kuß. "Das war herrlich." Er schmiegte sich an sie, horchte in sich auf den Nachklang der letzten Stunden und begann unwillkürlich das Spiel in das Erlebte zu fügen. "Und was ist deiner Meinung nach das Ziel?" fragte er schließlich. Sie sah ihn an und erschauerte innerlich bei der Erinnerung an seinen Sieg. "Das Ziel ist, dem anderen die größte, tiefste und ausufernste Lust zu bereiten, die man sich vorstellen kann. Ich möchte platzen vor Lust. Gibst du mir Revanche?"

"Ja, ich bin jetzt schon ein großer Fan dieses Spiels." Er drehte sich auf den Rücken und zog sie mit, so daß sie auf ihm liegend beginnen konnte. "Der Verlierer fängt an."

Von da an blieben sie kaum eine Nacht alleine. Sie spielten meist drei Partien. Sie gewann von Zeit zu Zeit, doch Gesamtsieger blieb immer er. Bis heute, da hatte sie alle drei Durchgänge für sich entschieden und ihn mit jedem Mal in noch tiefere Lust gestürzt. Sie hatte noch nie etwas so genossen. Selbst jetzt, nach dem Spaziergang hier her, dem Essen und Trinken, spürte sie es noch tief in sich und sehnte sich wieder nach ihm. So saß sie da, zwischen halblautem Kneipengemurmel, auf einer wackligen Thonetnachbildung, den Blick auf einen kleinen schwarzen Mann mit Kugelkopf, der an dieser Tür klebte und erschrak.

Fliederfarben

Zu Pfingsten war´s, zur Fliederblütenzeit,

Als wir gemeinsam lang spazieren gingen.

Voll Weiß und Lila grüne Büsche hingen,

und riechen konnte man den Duft schon weit.

Ich habe mir `nen Ast gebrochen,

Voll lila Blüten, für mein Zimmer,

Daß ich durch Duft und Farbe immer

an dich denke, wie versprochen.

Verblüht sind nun die lila Dolden,

Doch macht das nichts, ich denk an dich,

Auch ohne Fliederduftgedanken erfüllst du mich.

Ankunft

Er war gern gesehen, und doch wäre niemand auf die Idee gekommen, auf ihn zu warten. Es war zu der Zeit, da man vereinzelt schon wieder Frauen sehen konnte, die weit ausschreiten, ungehindert, die Beine nur locker von schwingenden, bunten Stoff umhüllt. Das Grün der Kleinstadtbäume hätte sich ein Beispiel daran nehmen können. Noch wagte es sich nur mit kleinen Spitzen, scheinbar vorfühlend, aus den zum Bersten vollen Knospen hervor. Es langte gerade aus, um die Äste in einer gelb-grünlichen Aura zart leuchten zu lassen. Die Leute in der für Autos gesperrten Einkaufsstraße sahen nicht nach den Ästen. Ihre Blicke galten ausschließlich den verführerisch angerichteten Auslagen in den Schaufenstern; den nun niedrigen Preisen von Mänteln und Mützen. Allenfalls einander beäugend ließen sie den Blick vom Angebot abschweifen. Genau das war recht bemerkenswert an diesem Jungen, der so wie die anderen Jugendlichen des Straßenbildes mit bleichgewaschenen Jeans und Pullover zwischen Geschäften und Einkäufern zu sehen war. Er hatte kein Auge für Sonderangebote und die anderen Menschen. Und so bewegte er sich schon eine Zeitspanne, die allerdings auffällig war, da sie im Widerspruch zu dem ständig wechselnden Publikum stand, die Straße auf und ab. Immer wieder aufs neue, mit nur kleinen Pausen dazwischen, hob er den leicht schräg gehaltenen Kopf, wischte auch dann und wann eine blonde Strähne aus seiner Stirn, und schaute über das allgemeine Treiben hinweg nach oben. Schon waren einige Vorübergehende, die jene Blicke bemerkten, seinem Beispiel kurz gefolgt, konnten aber offensichtlich nicht erfassen, wonach der Kerl sah, und gingen ohne ihren Blick weiter auszudehnen ihrer Wege. Was hatten sie auch schon gesehen? Einen nordischen Backsteingiebel, wie auf den Postkarten vor dem Schreibwarenladen oder, höher hinauf schauend, das glasige Blau mit ein paar zögernd dahinziehenden Kondenswasserschafen. Kein Flugzeug, das einen Strich zog, kein Zeppelin oder Ballon, der Reklame flog. Da war nichts zu sehen. Doch unbeirrt hob dieser Eine immer wieder den Kopf ins Blaue. Er tat gut daran, nicht unentwegt nach oben zu sehen. Er hätte dazu stehen bleiben müssen und wäre dann bestimmt sehr viel mehr Leuten aufgefallen. Die wären dann alle ebenfalls stehengeblieben und hätten auch nach oben schauend das Interesse von noch mehr Menschen auf sich gezogen. Es wären immer mehr geworden. Und das wiederum hätte bestimmt einiges an Aufregung verursacht. Man hätte gefragt, was denn los sei, was es da zu sehen gäbe. Man hätte dann auf den Nächsten und zuletzt auf den Jungen verwiesen und der hätte Rede und Antwort stehen müssen oder wäre vielleicht sogar davon gejagt worden, in der Überzeugung, es wäre ein dummer Jungenstreich. So, oder ganz ähnlich mußten die Gedanken des Jungen sein, die ihn handeln ließen, wie er es tat: Nicht vollkommen unbemerkt, das Schlimmste jedoch erfolgreich verhindernd.

Ein alleine Schauender, von dem keiner wußte, was er sah oder suchte, verbrachte so schon den vierten Tag. Es war sonderbar, daß er nicht die Geduld verlor, nicht nervös wurde, sondern gleichmütig seiner Beschäftigung, ohne eine Miene zu verziehen, nachging. Wieder hob er die Stirn und senkte sie erneut, um ein paar Schritt weiter zu gehen, da zuckte er zurück, warf den Kopf in den Nacken und kniff die Augen zusammen. Er war stehen geblieben, zeigte die Spitzen seiner oberen Schneidezähne, als er sich auf die Unterlippe biß, konzentriert auf einen Punkt. Schon blieben die ersten Passanten stehen und versuchten seinem Blick zu folgen. Anscheinend mit Erfolg, denn auch sie blieben stehen und schauten sichtlich gebannt zum Himmel empor. Ein dunkler Punkt im Blau war immer größer geworden. Ein Augenblick später war bereits zu erkennen, was da vom Himmel herab auf die Stadt zukam. Ein ungewöhnlich großer Vogel segelte mit ausgebreiteten Schwingen und langen, gestreckten Beinen Schleife um Schleife und kam dabei immer tiefer herab. Ein Stück weit über den Dächern begann er mit gemächlichem Flügelschlagen abzubremsen. Schneller sinkend, weiß und schwarz, die langen, roten Beine nun schräg nach unten vorgestreckt, verschwand er hinter den Giebeln der Geschäfte. Dort in einem Garten, neben einem alten Schuppen, auf einem Mast, gab es wagenradgroß ein Nest. Die meisten Leute in der Stadt wußten davon, aber keiner hatte nach dem langen Winter noch daran gedacht, außer einer.

Die entstandene Menschentraube da in der Fußgängerzone begann sich wieder langsam aufzulösen. Ein paar Leute unterhielten sich noch, offensichtlich dankbar erfreut über das neue Gesprächsthema. Alle schauten nun ein bißchen mit sonnigerem Gemüt ausgestattet aus, aber das war alles nichts gegen das Strahlen des blonden Jungen. Er hatte daran gedacht, daß es an der Zeit war, gebetet, gehofft, daß dem Vogel auf der langen Reise nichts zugestoßen sei und er war da gewesen, rechtzeitig, den Storch zu begrüßen.

Windregenlied

Vorm Fenster,

Regen und Wind,

Lassen die Kastanie rauschen.

Und mir ist,

Als ob es nicht rauscht,

Sondern singt.

Lied für die Freunde,

Den Regen, den Wind.

Rausche Kastanie rausche!

Ich lausche.

Bist mir auch Freund,

Solch Regen, solch Wind.

Machst mich singend,

Freund, der dir

Dies Windregenlied singt.

Chancenlos

Der geistige Verfall läßt einfach nicht nach. Also mache ich die kleinen Kugelschreiberkreuze. Niemand zwingt mich, du nicht, ich nicht, allenfalls der ganze Rest. Eben, die Gesellschaft, denn die Hand im Mund schmeckt mir nicht und zum Überleben reicht es schon lange nicht mehr. Deswegen mache ich jetzt kleine Kreuze mit einem Kugelschreiber. Ob das eine Glückszahl ist? Hoffen darf man ja noch. Bei drei Richtigen kaufe ich mir zwei Schachteln Was-zu-Rauchen. Bei vier - ein paar CD´s und bei fünf... Wieviel gibt es da eigentlich? Und bei sechs oder mehr? Was, wenn ich den legendären Jackpot knacke? Ein Auto, Haus, Klamotten und investieren, allein schon wegen der Steuer. An die mag ich gar nicht denken, die nehmen einem soviel weg. Aber wenn ich gewinne... Ich mache vorsorglich, heimlich ein Kreuzlein mehr, ein ganz kleines, vielleicht merkt das keiner und meine Chancen steigen mächtig an, oder?

Von der Blume

Von der Blume laß mich dir erzählen,

Die ich einst am Wegrand fand,

Die ich lassen mußte, wo sie stand,

Denn hätt´ ich sie gepflückt,

Hätt´ ich ihr Welken auch gesehen

Ein Wiedersehen

Von der Arbeit, nichts ahnend heimgekommen, wurde Herr S. von seiner Frau wie jeden Tag empfangen. Sie kam ihm im Flur entgegen, sagte, "Hallo." und gab ihm einen kurzen Kuß zur Begrüßung. Sie blieb bei ihm stehen, während er die Jacke auszog und auf einen Bügel in die Garderobe hängte. "Komm, das Essen ist schon fertig." sagte sie dann, "Ich rufe nur noch die Kinder."

Sie ging zur Treppe und er betrat durch die Küche das Eß-zimmer. Der Tisch war schon gedeckt. Die Familie hatte auf ihn gewartet. Die Kinder kamen herein, begrüßten den Vater, halfen der Mutter die Schüsseln auf den Tisch zu tragen und alle setzten sich. Das gemeinsame Mahl wurde wie immer nebenbei gewürzt, durch Schulanekdoten der Kinder, Mutters Bericht von ihrem Tag und irgendwann auch mit der Frage, wie die Arbeit denn heute gewesen sei. Alles war in dem Maße im Einklang, wie es bei einer durchschnittlichen, zu-friedenen Familie vorkommt.

Die Kinder hielt es nach dem Essen nicht länger am Tisch. Sie baten, aufstehen zu dürfen und verließen den Raum. Das war der Zeitpunkt, zu dem Herr S. sich allabendlich zurück-lehnte und sein Frau fragte: "Gab es heute Post?"

"Liegt alles auf dem Teewagen." antwortete Frau S., die ge-rade Teller und Schüsseln zusammen auf ein Tablett stellte. Ohne aufzustehen, streckte Herr S. seinen Arm aus, zu dem Teewagen nahe seines Platzes und ergriff den kleinen Stapel Briefe.

"Da ist auch ein Brief vom Roten Kreuz an dich gekommen. Ich habe ihn noch nicht geöffnet." erklärte Frau S., als ihr

Mann die Briefe durchblätterte. Er zog daraufhin den grünen Umschlag zwischen den anderen heraus und bemerkte beiläufig: "Bestimmt wieder so ein Spendenaufruf." Gemächlich öffnete er den Umschlag mit dem Daumen, da er ihn nuneinmal in der Hand hielt. Er zog das Schreiben heraus und versuchte es zu überfliegen. Es war kein Spendenaufruf. Es war eine Benachrichtigung des Internationalen Suchdienstes für Kriegsverschollene.

"An ihn? Warum? "Nein, das kann doch nicht wahr sein." In Herr S. war eine Ahnung aufgestiegen. Er kehrte schnell zum Anfang der Nachricht zurück und las nun Wort für Wort, doch nur Bruchstücke drangen wirklich in ihn.

"Sehr geehrter Herr! Auf Ihren Antrag vom 6. Mai 1952 können wir Ihnen heute eine positive Antwort geben... Ihre Verlobte... nun endlich ausfindig gemacht...Wir freuen uns... Frau K. wohnt zur Zeit... mit freundlichen Grüßen."

Herr S. runzelte die Stirn. "Sowas gibt es doch nicht, nach 38 Jahren. Da wird doch kein Scherz sein?" Er mußte tief Luft holen, als ihm nun die Erinnerung kam. Noch heute hatte er das Gesicht im Gedächtnis, so wie er es ein letztesmal geküßt hatte, auf dem Bahnhof, als sie auch ihn eingezogen hatten. Der Krieg ging vorüber, er kam in Gefangenschaft, und dann schließlich als Überlebender zurück. Nicht nach Hause, das gab es nicht mehr, doch zurück nach Deutschland. Er war wieder da gewesen, lebendig, unverwundet, ausgehungert. Doch sie gab es nicht mehr, und keiner hatte ihm sagen können, wo sie war, was mit ihr ist. Aber er hatte gehofft, ja sogar gemeint zu wissen, aus dem Herz heraus die Gewißheit verspürt, sie lebt. Vier Jahre hatte er gewartet, ehe er, überredet von einem Freund, sich an des Rote Kreuz gewendet hatte und den Suchantrag stellte. Nichts geschah, über Jahre. Er traf seine Frau, sie heirateten, es kamen die Kinder. Und nun nach 38 Jahren wurde sie gefunden, seine große Liebe, seine Braut, seine Verlobte. Sein Leben war anders verlaufen, als damals zusammen mit ihr erträumt, ganz ohne sie. Und sie war wiedergefunden, laut Nachricht knapp dreißig Minuten mit dem Auto von hier.

Laut sagte Herr S. :"Das ist unmöglich!" Seine Frau ließ alles stehen und setzte sich zu ihm. "Was ist?" fragte sie, die Veränderung an ihrem Mann beobachtend. "Was wollen die von dir?" Sorgenvoll runzelte sie die Stirn und sah ihn genau an.

"Nichts." antwortete Herr S. unschlüssig. Wie erklärt man der Gegenwart, daß die Vergangenheit plötzlich auch Ansprüche auf die Zukunft erhebt. Seine Frau weiß von der damaligen Verlobung, von den vielen, treu gewarteten Jahren, aber das alles hatten sie beide ja längst vergessen, seit Jahren nicht mehr darüber gesprochen. Doch jetzt wurden sie so erinnert, nicht durch ein Foto, ein Gespräch über alte Zeiten, sondern durch dieses Schreiben, das sich mit der alltäglichen Post in ihr Haus eingeschlichen hatte und nun mächtig in ihr Leben brach. Was sollte er jetzt tun? Er holte tief Luft, sah seine Frau erst lange an, sich Worte zurecht legend dann berichtete er ihr, was vorgefallen war und gab ihr den Brief zum Lesen. Sie folgte den Zeilen des Schreibens mit ernstem Gesicht. Schließlich legte sie das Blatt aus der Hand und schaute ihn wieder an. Ihre Hand lag auf der seinen als sie sagte: "Fahr hin. Wenn du willst fahr dort hin, von mir aus sofort."

Er fuhr nicht gleich, sondern am nächsten Tag. Sie hatten am Abend noch sehr viel besprochen, miteinander in melancholischem Ernst geredet, wie schon lange nicht mehr. Und heute setzte sich Herr S. in sein Auto und fuhr zu der angegebenen Adresse. Er kannte das Gebäude vom Vorbeifahren. Er wußte, es ist ein Altersheim und er fragte sich jetzt, was sie da wohl macht, warum sie dort wohnt. Er stellte den Wagen auf den Besucherplatz und schritt über Kies zum Haupteingang. Dort saß ein Pförtner. Herr S. ging zu dem Mann und stellte die von ihm so oft vorgebrachte, nun fast vierzig Jahre alte Frage neu: "Entschuldigen sie bitte, wo finde ich Frau Beate K.?" Der Pförtner schaute in eine Liste, überflog die alphabetische Reihenfolge, durchforschte mit den Augen mehrmals die "K's". Er schüttelte den Kopf. "Nein, die gibt es hier nicht. Ich habe keine Beate K. auf meiner Liste."

Herr S. war nicht sehr überrascht, wieviele ungezählte Male hatte er solche Antworten bekommen. Er dachte aber an den Brief und gab nicht gleich auf: "Das verstehe ich nicht, sie muß hier wohnen, ihre Adresse wurde mir gestern erst mitgeteilt." bedrängte er den Mann hinter diesem Empfangsschalter und der machte ein nachdenkliches Gesicht. dann erinnerte er sich offensichtlich an etwas. "Ach, natürlich. Sie meinen Schwester Beate. Ja, die wohnt hier." sagte der Pförtner freundlich. "Sie ist jetzt auf der Pflegestation." Und er fügte dienstbeflissen die Erklärung des Weges dorthin an.

Herr S. machte sich auf den beschriebenen Weg, durch Gänge und über Treppen, wie er sie nicht anders in solch einem Gebäude erwartet hätte. Er fand die Pflegestation und eine weiß bekittelte Frau, die gerade über den Gang kam erteilte ihm auf die Frage, wo er Schwester Beate finden könne, bereitwillig Auskunft: "Zimmer 211."

Herr S. setzte seinen Weg fort und las die Nummern auf den von ihm passierten Türen. "209, 210, 211. Hier also." Er klopfte zaghaft, drückte die Klinke herunter und öffnete die Tür gerade soweit, daß er hindurch gehen konnte. Er blieb aber in der Tür, auf der Schwelle stehen. Es war fast dunkel in dem Zimmer. Die Vorhänge waren zugezogen und nur das, durch die geöffnete Tür eingelassene Licht erhellte den Raum nun ein wenig. Da war ein Stuhl, ein Tisch, ein Kreuz an der Wand. Unter dem Kruzifix stand ein Bett, in dem ein sehr alter Mensch lag. Es war nur der Kopf zu sehen und ein dürrer Arm hob sich vom Weiß des Bettzeugs ab, dessen Hand von einer Ordensschwester gehalten wurde. Die Nonne schaute auf. "Bitte." Er sagte nichts. Ihr Gesicht wurde vom hereinströmenden Licht erhellt, ihre Augen von der Helligkeit draußen geblendet. "Sie ist es."

Sie müssen sich im Zimmer geirrt haben." Sagte sie jetzt, die nach wie vor vertraute Stimme. "Bitte warten sie draußen, ich komme gleich zu ihnen."

Herr S. konnte nichts sagen, er trat einen Schritt zurück und schloß leise die Tür.

Auf dem Gang stehend, vor der 211, den Blick auf die Tür gerichtet, schossen ihm Fragen und ansatzweises Begreifen durchs Hirn. "Eine Nonne. Beate war eine Nonne geworden, warum?" Sein Geist konstruierte den eben gewesenen Augenblick erneut. Ihr Gesicht umrandet vom schwarzen Stoff der Tracht, wie sie da am Bett stand. Sie war es, ohne Zweifel. Er hatte sie erkannt. Doch sie hatte im Gegenlicht wohl nur seine Silhouette gesehen, nicht wer er ist. "Was würde sie sagen? Wie wird dieses Wiedersehen?" Er drehte sich um und sah aus dem Fenster. Der Wind trieb alte, braune Blätter über den Rasen und die Wege.

"Warum wohl war sie ins Kloster gegangen? Da hätte er lange suchen können, die Möglichkeit hatte er nie in Betracht gezogen. Sie war im Orden, er war verheiratet, mit einer anderen. Und so war es gut gewesen, bis gestern."

Nervös blickte er über seine Schulter zu der Tür. "Er stand hier, sie war da drinnen Sie weiß nicht, wer, daß er, hier auf sie wartet."

Herr S. drehte sich kurz entschlossen um, durchschritt eilig den Gang, verließ das Gebäude und fuhr wieder heim. Beate sah ihn vom Fenster aus noch ins Auto steigen und ärgerte sich über den seltsamen Besucher.

Der Weg

Als man den Waldweg neu gemacht,
Mit frischem hellen Kies,
Da leuchtete er durch die Nacht
Und unsern Weg uns wies.

Das ist schon eine Weile her.
Ihm ward die Helligkeit gestohlen.
Wir sehen Nachts den Weg nicht mehr,
Durch Dreck an unsern Sohlen.

"Die Fahrkarten bitte"

Wir befinden uns auf dem eisernen Strang, in einem äußerst normalen Personenzug an einem völlig unbedeutenden Tag an dem nicht mehr Weltgeschichte geschrieben wird, als sonst auch. Alles ist in etwa so bedeutend, wie vor zwei Monaten, als wir mit der Bahn Tante Berta oder Onkel Emil besuchten. Und doch will ich gerade aus diesem Zug eine Geschichte erzählen. Vielleicht ist Geschichte auch schon zuviel versprochen, es ist wohl eher eine kleine Episode, die ich ihnen nicht vorenthalten möchte. Ein kurzes Stück von der Reise dieses Zuges, aus einem Abteil eine gewisse Zeit, die unserem Held lang geworden war, deren reale Spanne aber nicht der Rede wert erscheint. An unserem Held ist nichts besonderes über das wir hier, vorneweg reden sollten. Er ist einfach unsere Hauptfigur und er und sein Zugabteil stehen im Mittelpunkt unserer Geschichte, weil der Bahnbeamte gerade dort eine routinemäßige Fahrkartenkontrolle beginnt.

Abrupt war er, unser Held, von der Stimme des Schaffners aus der Grübelei gerissen worden. Er fischte das Ticket aus der Manteltasche, wartete, bis er an der Reihe war und reichte den Pappstreifen zur kontrollierten Entwertung dem blau Uniformierten. Der sagte nach getaner Arbeit freundlich "Dankeschön", und verließ das Abteil. "Die Fahrkarten bitte!" hörte man ihn erneut auf dem Gang, schon bei der nächsten Schiebetür. Doch darauf hörte er, unser Freund, bereits nicht mehr. Statt dessen schaute er sich in seiner Sechs-Sitze-Zelle um. Sie waren zu fünft, was er als unangenehme Fülle empfand. Doch wer nimmt schon seinen Mantel und das

Gepäck mitten auf der Strecke, zwischen zwei Stationen, und verläßt den gefundenen Sitzplatz? Man fügt sich und bleibt da sitzen. Ja selbst, wenn man sein Aufstehen beim nächsten Halt als Aussteigen kaschiert, wer garantiert einem einen neuen Platz zum Sitzen? Wie man es auch dreht, es ist der Mühe nicht wert, man findet sich mit dem Platz, den man hat, ab und arrangiert sich mehr oder weniger mit den Danebensitzenden. Die Zusammenstellung der hier entstandenen Reisegesellschaft entsprach dem Üblichen. Zwei alte Leute, wahrscheinlich Rentner, offensichtlich ein Ehepaar, bemutterten sich gegenseitig mit den rührenden Gesten solch alter Vertrautheit. Sie saßen sich am Fenster gegenüber. Ein junger Mann, schätzungsweise ein Student, hatte sich unter die Kopfhörer eines kleinen Kassettenrecorders zurückgezogen und schaute recht blöd zwischen den zwei roten Schaumstoffpolstern auf seinen Ohren hervor. Mit der selbstverständlichen Unverschämtheit solch junger Leute hatte er mit beiden Ellenbogen Besitz von den Armlehnen ergriffen die seinen Platz begrenzten und die Beine weit von sich gestreckt. Er war mangels eines Gegenübers auch der Einzige, der dazu in der Lage war. Neben ihm, an der Tür, saß eine junge Frau mit einem guten, interessanten Buch, das ihre untere Gesichtshälfte verbarg und so nur den Blick auf ihre ab und an gerunzelte Stirn und die mit akribischer Regelmäßigkeit über die Zeilen huschenden Pupillen zuließ. Und dann war da noch er, der Grübelnde. Der Lesenden gegenübersitzend und mit dem chirurgischen Werkzeug seiner Phantasie an ihr verschiedene Nasen-, Mund- und Kinnformen ausprobierend. Das war eine spannende Beschäftigung, denn er wollte sich nicht dabei erwischen lassen, wie er sein

Gegenüber intensiv anstarrte. Zwangsläufig war es für ihn so aber unmöglich herauszufinden, wie nahe seine Phantasie der Wirklichkeit kam. Jedes Aufblicken und Sinkenlassen der Lektüre ihrerseits zwang ihn nämlich dazu, unauffällig woanders hinzusehen. So baute sich eine ständig wachsende Spannung auf und er hoffte sehr, daß sie bald aussteigen, und ihm so einen unbemerkten Blick ermöglichen möge. Er legte eine Pause ein, wandte seinen Blick nach rechts und sah aus dem Fenster, vor dem sich die beiden Alten gerade Kaffee aus einer Thermoskanne und Stullen aus einer Plastikschachtel kredenzten. "Möchtest du Schinken oder Leberwurst, Schatz?" fragte sie ihn, und er antwortete mit gleicher Liebenswürdigkeit, "Hmn, Leberwurst. Darf ich dir noch ein wenig Kaffee eingießen, meine Liebe?" Nein danke, du weißt doch. Aber nimm du dir ruhig noch einen Schluck." So ging es die ganze Zeit. Er, der Grübelnde war mittlerweile zu der Überzeugung gelangt, auch die beiden Alten am Fenster spielen ein Spiel, einen Wettbewerb. Wem es zuerst an Liebenswürdigkeiten mangeln würde, wem als erstes keine Phrase der Freundlichkeit mehr einfiele, die den anderen bevorteilt, der hätte verloren. Und draußen vorm Fenster schob sich derweil irgendeine Landschaft vorüber, die kaum die Bestimmung der Jahreszeit zuließ. Nur Hochsommer war es auf keinen Fall. Der Blick aus dem Fenster hatte sich kaum gelohnt. Zudem war die Lesende aufgestanden und raus gegangen und er hatte so schon wieder eine Möglichkeit verpaßt, ein Auge auf ihre Vollständigkeit zu werfen. Also wandte er sich doch wieder dem Fenster zu. Eine Straße begleitete nun den Schienenstrang der Bahn und auf gleicher Höhe mit der Reisegesellschaft fuhr jetzt ein roter Wagen.

Ein neues Spiel. Schließen sie ihre Wetten ab. Wer ist schneller, der Zug oder der Wagen? Entscheiden sie sich jetzt. Nichts geht mehr. Das Auto bog ab. "Spielverderber!" ärgerte sich unser Freund und mußte auch noch feststellen, die beiden Alten waren leise geworden. Auch bei ihnen hatte er den Ausgang des Wettstreits verpaßt. Es schien ihm wie verhext. Sein Gegenüber hatte sich wieder hinter ihrer Lektüre verschanzt und er schloß gelangweilt die Augen, um sich nun die Zeit mit dem Erraten von Geräuschen zu vertreiben. Da, ein Scharren. Der Stiefel des Studenten? Der Raucher draußen auf dem Gang oder beginnendes Auseinanderbrechen des Wagens? Wohl ersteres. Dann Gesprächsfetzen aus anliegenden Abteils. Streit? Diskussion? Jemand mit einem besonders lautem Organ? Wer weiß? Er döste ein.

Auf dem Gang näherte sich ein neuer Schaffner. Das gut vernehmbare, "Personalwechsel, die Fahrkarten bitte!" ließ ihn wieder aufwachen. Er wußte nicht wie lange er gepennt hatte, doch die vorm Fenster anhaltende Dunkelheit signalisierte der Nachmittag ist vorbei. Wieder das Aufschlagen einer Schiebetür und die diensterfüllende Stimme: "Die Fahrkarten bitte!" Er kramte sein Billette aus der Manteltasche und auch die anderen Mitreisenden stellten diese Bereitschaft zur Kontrolle her. Nur der Walkman glotzte blöde in die Runde. Aber dann begann auch er in seinen Taschen zu fummeln. Sein Gesichtsausdruck veränderte sich, seine Bewegungen wurden schneller, hastig durchwühlten des Studenten Hände die eigenen Taschen. Er suchte offensichtlich sein Ticket. Die Tür sprang auf. "Personalwechsel. Die Fahrausweise bitte!" Vier Papierstreifen wurden der blauuniformierten Dienstperson gereicht, doch keiner ließ den Studenten und dessen fahrige Bewegungen aus dem Auge. Die Kopfhörer hingen ihm schief am Hals, seine Gesichtsfarbe war dunkelrosa geworden, als ob ihn seine Ohrhörer würgten. "Eben hat ich sie doch noch", stammelte er. Der Schaffner war mit den anderen fertig und widmete nun seine ganze Aufmerksamkeit mit freundlicher Bestimmtheit dem aufgeregt Suchenden. Die anderen schauten mit Interesse zu.

"Bitte, was ist das Problem?" lautete die durchaus rhetorisch gemeinte Frage des Uniformierten. Der junge Mann schaute nur kurz auf und widmete sich sofort wieder den nun viel zu zahlreichen Taschen seiner schmuddeligen Jacke. "Vorhin hatte ich meine Fahrkarte noch und nun kann ich sie nicht finden", sagte er laut vor sich hin. Der Bahnbeamte verzog keine Miene, er schaute dem Taschendurchwühlen noch ein Weilchen zu und sagte dann mit pädagogischer Stimme: "Nun gehen sie doch alle Taschen noch mal ganz in Ruhe durch." Der Student gehorchte, jedoch ohne Erfolg. Hilflos hob er den Kopf, legte die Hände in den Schoß und glotzte den Schaffner an. Plötzlich kam wieder Leben in sein Gesicht. "Vorhin hatte ich sie noch, glauben sie mir, da war sie noch da, die Leute hier können bestimmt bezeugen, daß ich bei der letzten Kontrolle noch eine Fahrkarte hatte." Diese Worte sprudelten ihm aus dem Mund und eifrig schaute er sich hilfesuchend mit dem Gestus eines gehetzten Tieres in der Runde um. Er stieß auf interessierte, keinesfalls mitleidige Blicke. Doch niemand wollte Zeuge sein. Die beiden Alten am Fenster begannen sich nach der Fahrkarte suchend auf dem Boden umzuschauen. Ohne jedoch wirklich an den Erfolg dieses Versuches zu glauben, schielten sie neugierig auf die Reaktion der anderen. Unser Grübler verzog sein Gesicht:

Die Lesende hatte ihr Gesicht preisgegeben und ihn enttäuscht. So verärgert hatte er keine Lust, den ihm so oder so
unsympathischen Kerl darauf aufmerksam zu machen, was
da in einem Gummiband am Walkman steckte.

Verfluchte Gedanken

Da sitze ich nun in dieser Zelle, eingesperrt und ausgeschlossen. Warum? Warum bloß können diese Idioten... Nein, halt, ich darf mich nicht aufregen, sonst... Sonst kommen sie wieder. Kommen zu dritt und zwingen mich einmal mehr ihre Pillen zu schlucken. Diese Tabletten, die mich bei lebendigen Leibe mumifizieren, mich aushöhlen, so daß ich kraftlos, leer nur noch daliegen kann und nicht einmal mehr begreife, daß jenes Weiß vor meinen Augen das Weiß der Zimmerdecke ist. Nein, ich tue ihnen den Gefallen nicht. Ich rege mich nicht auf. Ich muß ganz ruhig sein, damit sie mir wenigstens mein Denken lassen. Denn deswegen bin ich ja hier, weil ich denke, anders als sie, anders als sie es wollen. Unverständlich ist für sie mein Verstand und das, was dieser produziert. Unverständlich sein ist anormal, ist verrückt, denken sie. Denken sie? Ist, was in ihnen vorgeht, noch Gedanke zu nennen? Oh nein, sie denken nicht. Sie zitieren alle nur das Gleiche. All ihre Köpfe sind abgefüllt mit ein und dem selben, irgendwann von einer Person Gedachten. Es ist nicht ihr eigenes Gedankengut. Es ist Ersatz und sie sind selber unfähig, dieses zu bedenken. Sie geben nur wieder womit man sie ausgestopft hat. Sie wurden vergewaltigt, an die Stelle ihres individuellen Gewissens wurde ein kollektives eingehämmert. So ist Konsum und Friede gesichert, und die da oben machen was sie wollen. Sie sperren jeden, der ihnen nicht ins Konzept paßt, in eine Zelle, damit sich nichts verändert, alles bleibt wie es ist. Bewegung und Veränderung machen ihnen Angst. So mußte auch ich verschwinden, weil ich mich verändert hatte, damals an diesem einen Tag, als ich plötzlich nicht mehr dazu gehörte. Es war einer von diesen immer häufiger werdenden farblosen Tagen. Wie immer, wenn mir auf einmal alles zuviel wird, hatte ich meinen Blick gen Himmel gerichtet. Doch was sich mir da bot, war nichts, grau! Diese Unfarbe der Wolken, nicht der Blick ins unendlich scheinende Blau. Nein, der Blick war mir versperrt, und die Wolken fluchten mir, dem Träumer. Ich hatte von der Erde wegschauen wollen, und sie behinderten meinen Sehenswunsch. So sah ich nur dieses Grau und stand wie vor einem ermatteten Spiegel, sah kein Konterfei, nur Grau, wissend, daß es ein Spiegel ist, Spiegel der Wirklichkeit. Denn was war anders hier unten? Überall waren Wolken. Ja, selbst die Pfützen auf der Straße, zwar noch nicht erblindet, warfen mir auch nur das Grau jenes großen Spiegels zu. Überall Wolken, alles war vernebelt, damit man nichts erkennt. Selbst meine Teekanne produzierte mir Dampf. Ich mußte raus. Ich hatte mir meinen Mantel geschnappt und war auf die Straße geeilt. Das erste was ich sah, war der Straßenfeger, der wie jeden Tag geduldig all den Dreck, den wir täglich für ihn von uns geben, zusammenfegte. Mir schwindelte, auch er war grau, so wie die Straße, der Himmel, die Häuser, der Schmutz, den sein Besen vor sich her schob. Ich wollte diesen Film zerreißen, diesen Belag von allem ziehen und so sagte ich ihm freundlich, „Guten Tag." Er schaute mich verständnislos an. Ich dachte: „na, den hat wohl auch lange keiner mehr gegrüßt." Und mit einem mal ging es mir besser. Der Gruß war eine Zauberformel, hatte Farbe in die Szene gebracht. Ich ging weiter, nun lächelnd hatte ich das Verlangen, freundlich zu sein. Ich kam an den Zeitungskiosk. "Wie schön," dachte ich mir, "da kann ich mir gleich, wie jeden

Tag, meine Lektüre holen." Ihre Stammkunden kennend, schob mir die mürrische Verkäuferin meine Zeitung über den Tresen und hielt gleichzeitig die andere Hand für das abgezählte Geld auf. Ich hatte bestimmt schon seit Jahren kein Wort mehr mit ihr gewechselt. Doch an diesem Tag zögerte ich. Bevor ich ihr das Geld in die Hand drückte, grüßte ich auch sie freundlich und fragte, wie es ihr ginge. Aber auch sie guckte mich nur verdutzt an und erwiderte kein Wort. "Egal," dachte ich und freute mich, die bunte Farbigkeit der Illustrierten zu bemerken. Mir ging es immer besser. So verliefen die ganzen folgenden Wochen. Immer, wenn ich unter Leute kam, erwachte in mir der Drang ihnen freundlich zu begegnen und etwas anderes mit ihnen zu reden, als das immer gewesene Einerlei. Doch schienen die Menschen es verlernt zu haben, wie man etwas über sich selbst fühlt und einem anderen mitteilt. Fragte ich jemanden, wie es ihm ginge, war die Antwort meist: "Es geht." oder: "Weiß nicht." Ich lachte die Leute an, doch sie verzogen keine Miene. Selbst meiner Freundin wurde es zu bunt. Wenn wir gemeinsam in die Stadt gingen, war schon bald der Punkt erreicht, da sie mich aufforderte, ich solle endlich mit dem blöden Grinsen aufhören. Es hatte gar nicht lange gedauert, und sie war überhaupt nicht mehr bereit, sich mit mir irgendwo sehen zu lassen. Sie war wohl sehr enttäuscht von mir oder hatte Angst. Und so kam es auch, daß sie es war, die mich auslieferte. Eines morgens, als ich lächelnd aus dem Haus trat, stand sie neben dem Straßenkehrer. Sie sah mich kommen, hob ihren Arm und deutete ohne ein Wort mit dem Finger auf mich. Der Besenschwinger nickte dazu, und zwei Männer, die neben dem Hauseingang gestanden hatten, packten mich, mit der

Aufforderung, ihnen zu folgen und kein Aufsehen zu erregen. Ich schaute über meine Schulter zu der ehemals Geliebten und mir entstand der Gedanke: "Warum hat sie mich nicht einfach geküßt, statt mit spitzen Finger anzudeuten, dieser ist es?" Und so sitze ich jetzt schon eine ganze Weile in der Zelle. In dieser völlig weißen Schachtel, in einem weißen Nachthemd, auf dem ebenso weißen Bettzeug. Ich freue mich, daß sie mir schon seit ein paar Tagen keine von ihren Pillen mehr aufgezwungen haben, doch die ständig gleiche, helle Keuschheit dieses Raumes blendet mich, schmerzt in meinen Augen. Ich lege mich zurück, schließe die Lider, bedecke das Gesicht mit meinen Händen. Nun ist es dunkel, ich sehe nichts, nichts als ein gleichmäßiges Schwarz hinter den Deckeln meiner Augen. Wie leicht und erholsam ist es doch die Augen zu verschließen. Dieser Gedanke reißt mir die Augen wieder auf. Nein, das will ich nicht. Ich will nicht die Augen verschließen, vor dem was passiert, ich will mich nicht abwenden, nicht darüber hinwegsehen. Nur weil sie es geschafft, haben die Menschen zu blenden, können sie so handeln, sitze ich hier. Dies ist auch der Grund für die strahlende Weißheit, in der sie mich aufbewahren. Sie wollen mich so an diese Helligkeit gewöhnen, daß Farben mir einerlei werden. Andererseits soll mir diese reine Nichtfarbigkeit so unangenehm werden, daß mir ihre graue Welt als eine Wohltat erscheint. Doch rechnen sie nicht mit den von ihnen verfluchten Gedanken. Sie glauben sie könnten in mich dringen, mein Denken bestimmen. Doch dazu ist es zu spät. Ihr Psychoterror erreicht mich genauso wenig wie ihre entmündigten Medien es vermocht haben. Wer einmal erkennt, wer einmal einen Unterschied bemerkt, den erreichen sie nicht mehr.

Jeder der sich individuell vom anderen begreift, wendet sich ab von ihrem faden, langweiligen Kollektiv, marschiert nicht mit auf den Weg hin zum Totalitären. "Ätsch!" möchte ich rufen. "Es ist zu spät!" Doch ich lasse mir nichts anmerken. Sie sollen glauben, sie schaffen mich. Vielleicht komme ich dann irgendwann hier raus. Bis dahin träume ich weiter in Farbe. Ja, und selbst wenn sie mich nie mehr in die Welt zurück lassen, ist es zu spät, die Zeitungsfrau hatte mich schon zweimal angelächelt.

Sommerzeit

Wenn die Uhren
Eine Stunde vorgehen,
Nicht mehr richtig ticken,
Soll Sommer sein?

Wenn ich
Jahreszeiten vorausdenke,
Mit der Waffel in der Hand
Schneegedanken spinne,

Dann ist Sommer

Der fliegende Robert

Plötzlich fällt ein bunter Fetzen aus allen Wolken und es ist Sommer, es ist windig, unten in den Feldern ist es schwül. Besonders wenn die Sonne zwischen den Wolken hervorsticht, flirrt die feuchte Luft. Schwalben machen Jagd und zeigen, wie gut man heute segeln kann. Hier oben auf dem kleinen, kahlen Berg herrscht reger Betrieb. Bei solchem Wetter kein Wunder. Es wird ausgepackt, zusammengebaut, ein wenig hastig geschieht das alles, sie wollen alle los, die Winde nutzen. Schon wird der Berg von bunten Stoffen umschwirrt, wie eine Lampe in der Sommernacht. Robert ist soweit. Alle Verbindungen, alle Drähte sind nochmals überprüft. Er setzt den Helm auf und bückt sich unter die grellen Farben zu der Triangel seines Drachens. Den Kopf durch dieses Dreieck steckend packt er zu und hebt das leichte Gebilde an. Prüfend hält er die Spitze in den Wind, er fühlt die Kraft, die ihn gleich tragen wird. Er sieht sich noch mal rasch um, ein Bekannter muntert ihn auf, mit der Faust, den Daumen nach oben. Robert kann starten. Nur einige Schritte Anlauf sind heute von Nöten. Dann ein kleiner Satz, Anziehen, die Nase etwas nach unten drücken, der Wind saust zwischen den Drähten hindurch und in den Ohren. Robert fliegt. Auch wenn da nach wie vor dieses Gefühl in der Magengrube wühlt, das ängstliche, zweifelnde. "Mit zunehmender Flugpraxis verschwindet das, ganz von selbst." hatten ihn Clubkameraden ermutigt. Es dauert auch nie sehr lange an. Nach dem Gleitflug, hangabwärts macht sich Robert nun auf die Suche nach einer Strömung, in der er sich hinaufschrauben kann wie ein Greif. Ihm ist nicht danach bloß um den

Hügel zu kreisen, wie bei den Übungsflügen, er will endlich richtig lange fliegen. Robert hat sich eine Aufgabe gestellt. Ein großes Dreieck will er fliegen, weg vom Getümmel der Kameraden, einen schönen, einen langen Flug genießen. Das Wetter ist, wenn auch nicht bombastisch, so doch gut. Es ist ein wenig zu böig und im Wechsel von Sonne und Wolken kann auch eine Strömung plötzlich abbrechen, so ein weiteres Steigen verhindern. Doch er war guter Dinge. Über der nächsten Wiese spürt er es plötzlich warm auf den Wangen, Aufwind. Bedächtig beginnt er zu kreisen und mit jeder Runde gewinnt er an Höhe. Die Aussicht ist heute mäßig, milchig erscheint ein unwirklicher Horizont. Doch von der Höhe, in nächster Umgebung gibt es genug zu sehen. Felder, Wiesen und Bäume von oben. Dort drüben, ein ganzes Stück weg, der Berg, der sich fast völlig allein in der Ebene erhebt. Die nächste Runde dreht Robert enger, er verliert dadurch etwas an Höhe, doch in der extremen Schräglage kann er nach oben schielen. Er ist allein über der Wiese, die Strömung ist sein eigener Wind. Robert blickt auf den Höhenmesser. 85 Meter. Wenn es so bleibt kommt er gut auf 120, das müßte für ein längeres Gleiten reichen. In Vorbereitung darauf orientiert er sich. Da hinten der Kirchturm, an ihn muß er sich halten. Robert kneift die Augen zusammen, späht in die Richtung, ob er nicht jetzt schon eine Möglichkeit sieht, dort hinten wieder Höhe zu gewinnen. Noch drei, vier Runden wird er drehen. Er blickt nach unten, wo winzig klein ein paar Radfahrer mit Zeigefingern in seine Richtung deuten. Und Robert macht ihnen die Freude, dreht ein paar Runden mehr, zieht eine Acht und noch eine Schleife und ist auf 180, als er wieder an seine Höhe denkt. Super, so kommt er über den

Kirchturm und sein Dorf sogar hinaus. Noch eine Kehre, 183 Meter und er richtet sich aus, verläßt seinen Wind, macht im Gleitflug Geschwindigkeit. Herrlich wie das rauscht und knattert. Robert freut sich am Fahrtwind, zügelt sich aber zugleich, flacht den Gleitwinkel ab, um mehr Distanz zu schaffen. Noch hat er 110 Meter, doch dort vorn, hinter der Baumreihe könnte er durchsacken. Robert hat allerdings Glück. Hinter den Bäumen strömt es auf, hebt ihn ein wenig wieder empor. Schnell ist er dann bei den ersten Häusern. Er verlagert sein Gewicht, weicht aus, will am Rand des Ortes über die Wiesen fliegen. Es macht zwar Spaß, in Nachbars Garten zu schauen, doch kann man auch eine Menge Ärger bekommen. Zudem ist die Luft über Häusern und Straßen nicht stetig, zu turbulent in 60 Metern Höhe. Deswegen lieber an dem Fleckchen vorbei. Der nächste Aufwind war nicht schwer zu finden. Bei jeder Runde geblendet vom grellen Gelb eines Rapsfeldes zieht Robert seine Kreise nach oben. Zur nächsten Wende ist es fast doppelt so weit und er ist sich nicht einig, noch höher hinauf oder auf halber Strecke gezwungen sein, erneut Kreise zu ziehen. Er spürt die Muskeln seiner Arme, noch nicht müde, aber angestrengt fühlt er sich. Mal sehen was der Wind ihm sagt. 150 Meter und die Strömung reißt nicht ab. Robert spürt den Schwung in die Höhe. Über ihm der bunte Baldachin, gebläht vom Wind vereitelt jeden Blick nach oben. Rundherum sieht er blauen Himmel und einzelne, dick runde Wolken. Robert hat das Kreisen satt. 230 Meter signalisiert der Höhenmesser. Besser könnte es gar nicht sein. Er dehnt die letzte Runde aus zu einem großen, weiten Bogen, läßt den Kirchturm im Rücken und beginnt einen ganz sachten Gleitflug, der ihn möglichst weit tragen soll. Unter ihm ist alles nur noch Fläche, kaum strukturiert, nur in Farben gemustert. Unterschiedlichstes Grün, Rapsgelb, Braun. Es ist atemberaubend. Jetzt vergißt Robert leicht das zerbrechliche Gebilde des Drachens, es ist als habe er selber Flügel. Da ist keine Kabine, in die er eingeschlossen ist. Er spürt den Wind, riecht die Luft, zwischen ihm und der Erde 170 Meter Freiheit. Robert zieht die Querstange der Triangel etwas an sich. Er will Geschwindigkeit machen, den Fahrtwind in den Ohren sausen hören. Die Farbpalette unter ihm verliert ihre Intensität. Eine Wolke hat sich vor die Sonne geschoben. Es muß eine von den Größeren sein, denn das Licht wechselt nicht gleich wieder. Auch die Farben des Drachens strahlen nicht mehr. Alles rundherum, soweit Robert sehen kann liegt im Schatten. Und plötzlich spürt er den kalten Hauch. Es wird noch dunkler, um die Drachenspitzen wirbeln kleine Fetzen wie Nebel. Robert versucht den schnellen Gleitflug etwas zu bremsen, über ihm und vor ihm nur Grau. Der Höhenmesser zeigt 178 Meter, die Wolkenstücke die der Drachen zerreißt werden größer. Das kann doch nicht sein, nach diesem Gleitflug müßte Robert auf 140 Meter runter sein. Mindestens. Er darf nicht in die Wolke kommen. Da vorne, gar nicht mehr weit liegt die letzte Wende. Vielleicht sollte er das Dreieck verkürzen, jetzt schon rüberschwenken zum Drachenberg. Robert schaut nach rechts, kann seinen Abflugpunkt nicht sehen. Er muß von der Wolke weg. Noch immer über 170 Meter. Robert drückt die Nase runter, will steil rausfliegen aus der Suppe, Höhe verlieren, klare Sicht gewinnen. Es rauscht im Stoff. 155 Meter, die Wolkenfragmente halten sich am Drachen fest. 162 Meter, warum steigt er nur? Er will runter. Vielleicht schräg abkippen, sich durchsacken lassen. Robert hat sowas noch nie allein probiert. Er nimmt sich zusammen, will alles machen wie gelernt. Da spürt er die Kraft. Für einen Augenblick hängt der Stoff des Drachens durch und bläht sich dann wieder mit lautem Knattern. Robert knallt fast auf die Stange, die seine Hände nun immer fester umschließen. Er muß die Kontrolle behalten. Was ist bloß los? Der Höhenmesser spielt verrückt: 210 Meter und weiter steigend. Das Knattern wird lauter, es ruckt wie in einem schnellen Fahrstuhl. 280, 300, Robert wird schwindelig. Bloß festhalten, nach unten ziehen. Er verlagert sein Gewicht, will schräg nach unten schrauben. Wieder ein Ruck, er spürt seine Magen nach unten gedrückt, schwer wie ein Stein. Die Ziffern der Höhenkontrolle verschwimmen. Tief hängt die Gewitterfront über dem Land. Die Spaziergänger auf dem Feldweg gehen jetzt schneller. "Du, komm. Es wird gleich regnen." Ein bunter Fleck fällt aus dem Grau. "Schau mal der Drachenflieger. Der kam direkt aus der Wolke." "Der fliegt aber seltsam. Ja ist der noch zu retten!?" "Will der hier landen?" "Du der stürzt ab! Schnell, komm!" "Oh Gott, jetzt schlägt er auf!"

Wenn Unfaßbares geschieht

Die Predigt war vorbei, man erhob sich gemeinsam den Glauben zu bekennen. "...und das ewige Leben. Amen." Ruhe trat ein. Peng machte die Kirchentür. Alle drehten sich um. Ein Mann in einem alten grauen Mantel, mit einem hochroten, schlecht rasierten Gesicht, bahnte sich den Weg durch die gaffenden Reihen, die über dieser Show fast vergaßen, auf die frommen Bitten von der Kanzel mit ihrem, "Herr erhöre uns", zu antworten. Der Eindringling hatte indes Schwierigkeiten. Im Gehen schwankte er hin und her, auch konnte er sich nur schwer orientieren, er wußte zudem nicht, wo er sich hinsetzen könnte. Mitten im Kirchenschiff drehte er sich um seine eigene Achse, sah dann die leere, erste Bank, torkelte auf sie zu, ließ sich schwer auf den Sitz fallen und grummelte etwas vor sich hin. Die Fürbitten fanden ein Ende, man konnte sich wieder setzen. Die Orgel spielte, es wurde gesungen, der Kaplan machte sich bereit zur heiligen Wandlung. Zeit der Kollekte. Man schaut sich auf die Finger, nicht nach der Höhe des Obolus, sondern nach den Ringen der Nachbarin. "Welche trägt sie heute? Ist vielleicht ein Neuer dabei?" Die Orgel brüllte den Schlußakkord. In der neuen Stille hörte man den seltsamen Mann weiterhin unverständlich vor sich hin reden. Aufmerksam registrieren Augenwinkel jede der unmöglichen Bewegungen dieses Subjekts. Die Wandlung nimmt ihren Lauf. Sanctus, hinknien. Die Augenwinkel sehen alles, auch jene, die stehen statt zu knien. "Sind sich wohl zu fein. Na schau, der ist auch wieder dabei." "Das ist mein Leib... Das ist mein Blut...Geheimnis unseres Glaubens... Lamm Gottes... gib uns deinen Frieden." Und dann plötzlich in die Pause hinein laut, doch immer noch unverständlich die Stimme des Unmöglichen. "Man sollte ihn rauswerfen. So zu stören!" "Seht das Lamm Gottes", ruft der Kaplan. "Wer von diesem Brot ißt und von diesem Blut trinkt wird leben in Ewigkeit." Er setzt den Kelch an und da, bevor die Orgel zur Kommunion einsetzen kann, laut, diesmal verständlich die lallende Stimme: "Ich will auch Wein!" Man sieht sich empört an, die Orgel traut sich nicht, der Organist sucht Blickkontakt zum Priester, doch der verzieht keine Miene. Er nimmt den Kelch, steigt die Stufen vom Altar herunter und geht auf den Störenfried zu. Die Orgel spielt endlich, doch niemand singt. Alle schauen sie hin, zu jener ersten leeren Bank. Der Kaplan hebt den Kelch ein wenig, reicht ihn dem Mann, "Das Blut Christi!" übertönt er die unsichere Orgel, gibt jenem den Kelch und dieser nimmt einen kräftigen Schluck. "Ein Skandal!" zischt es in den vollen Bänken. Niemand sieht die gütigen Augen des Priesters und den dankbaren, gläubigen Blick des grauen Mannes. Ja wen interessiert das schon. Am Altar steht noch immer der ehrbare Herr Pfarrgemeinderat, unschlüssig, ob er die Kommunion schon austeilen soll. Erst als der Kaplan wieder oben bei ihm ist, die Schale greift und sich wieder herab bewegt, löst sich seine Erstarrung und er folgt mit seinem Gefäß zur Verteilung des Leibes. "So ein unfaßbarer Skandal!" Aber die meisten gehen zur Kommunion, wie immer und niemand fragt auch nach Wein. Doch viele formulieren schon jetzt mit der Hostie auf der Zunge, ihr entrüstetes Gezeter, für nachher, vor der Kirchentür.

Trauma

Zitternd steh ich auf der Bühne

Und alle schaun mir zu.

Ich spiele meine Rolle.

Ich weiß meinen Text,

Bin sicher,

Doch zitter ich,

Und alle schaun mir zu.

Schaun zu, wie ich rede,

Sehen was ich spiele,

Starren mich an,

Wie ich spielend rede

und zitter.

Ich habe Angst.

Angst, sie könnten lachen,

Lachen über mich,

Der sein Bestes tut,

Doch zittert,

Zittert vor Angst,

Sie könnten es sehn.

Sie kommen von Westen

"Wenn ich sowas schon höre!"

"Der Osten ist nicht schlecht, du mußt nur ein Auge dafür haben."

"Ein Auge? Welches? Wofür? Nicht schlecht, was soll das heißen?"

"Die Dörfer sind total verkommen, aber auf ihre Weise doch schön."

"Welche Romantik."

"Ja, und es wird viel getan, nun ist Material da. Es wird alles besser und schöner."

"Besser? Schöner? Schon mal Plattenbauten gesehen?"

"Einen, ja."

"Einen? Einzeln gibt es die nicht. Nein, die treten nur in größeren Mengen auf, oder wenigsten zu Mehreren, dann aber mit Höhe und Volumen. Du kommst hin und sie verstellen dir gekonnt den Blick. Du verlierst den Horizont. Sie stehen vor dir aufgebaut, vergleichbar einer Mauer, der Betonmauer schlechthin. Sie sind arrangiert wie Stellwände in einem Großraumbüro. Es ist nicht zu sehen, was dahinter oder dazwischen ist. Ein Auge haben. Und wenn du auf die andere Seite gehst, ist es genauso, nur aus einem anderen Blickwinkel. Da reicht kein Weitwinkelobjektiv. Um einen vollständigen Eindruck zu gewinnen, mußt du schon mehrere Blöcke abschreiten. Eine Gesamtansicht gibt es nicht. Den Abstand für einen Überblick verhindert schon die nächste Schachtel."

"Und mit einem Hubschrauber?"

"Ja, man könnte in die Luft gehen. Allerdings besteht da die Gefahr der Verniedlichung, so wie bei der Modellstadt in der

Rathausvorhalle: niedliche, kleine Schachteln, wohlgeordnet, hübsch anzusehen, mit Styroporkugelbäumchen dazwischen. Das ist keine Perspektive, da begreift man nichts. Es ist sicherer, du stehst wie der Ochse vorm Berg. Hier, nimm die Dominosteine, stell sie in mehreren Reihen auf, einige auch hochkant. Gut, nun geh vor dem Tisch in die Hocke und du siehst, was sich deinem Auge bietet, kommst du über Land und riskierst einen Blick. Jetzt schieb deinen Kopf näher, immer näher heran, schließe die Augen und denk dich dazwischen. Sei vorsichtig, die Versuchung ist groß den ein oder anderen anzustoßen, zur Kettenreaktion."

"Ja, abreißen."

"Paß doch auf. Da haben wir den Salat. Das ist keine Lösung."

"Dann stückweise zurückbauen."

"Geht auch nicht."

"Warum?"

"Da wohnen Leute."

"Ach, ja."

Überdruck

Es kommt immer irgendwo, ganz plötzlich, um so dringender, je unpassender der Ort. "Mensch holen sie mich hier raus! Ich mache mir gleich in die Hosen!" rief er verzweifelt in die Wechselsprechanlage seiner steckengebliebenen Aufzugskabine.

"Der Monteur ist schon unterwegs", schnarrte das Lautsprecherchen zurück, "Es dauert wirklich nicht mehr lange." "Das sagen sie nun schon seit über einer Stunde, ihr Zeitbegriff scheint mir sehr relativ. Aber langsam schwinden mir die Kräfte, selbst die Unterhaltung mit ihnen lenkt mich nicht mehr ausreichend ab."

"Ja was soll ich denn machen, ich bin nur die Vertretung des Pförtners."

"Ist der Lift wasserdicht?"

"Weiß ich nicht. Aber in Gottesnamen, sie sind doch allein. Stellen sie sich in eine Ecke!"

"Muß ich für eventuelle Schäden oder Putzkosten aufkommen?"

"Ich weiß nicht. Nein, das zahlt bestimmt die Versicherung."

"Bestimmt?" - "Bestimmt!"

"Na gut, aber schalten sie ab, ich will nicht, daß sie mir zuhören."

Ein Klicken gab ihm zu verstehen, er ist ganz für sich. Er öffnete seinen Reißverschluß, hoffte, daß möglichst alles nach draußen fließt, schloß von diesem Druck befreit die Augen, als sich ruckend die Lifttür öffnete. Er war im fünften Stock, wünschte sich aber ganz woanders hin, angesichts der ungeduldig vor der Lifttür wartenden Kollegen.

Busfahrt

Langsam bog der Linienbus, der die Dörfer mit der Stadt verbindet, in die Straße ein und steuerte direkt auf das hölzerne Wartehäuschen zu, um wie jeden Morgen exakt davor zum Stehen zu kommen. Allmorgendlich warteten dort eine Handvoll Personen, so auch heute. Nur der Bus war nicht der selbe wie sonst. Der bequeme Reisebus mit den zwei doppelten Sitzreihen mußte heute zur Wartung und so war als Ersatz ein Fahrzeug gekommen, wie es sonst auf kurzen Strecken innerhalb der Stadt benutzt wird; ein Linienbus mit vielen Stehplätzen. Die ersten Fahrgäste schauten alle ein wenig erstaunt, aber niemand sagte etwas, man fand sich mit dem Zustand ab. Einer nach dem anderen stieg ein, zeigte seinen Dauerfahrschein und drang dann weiter ins ungewohnte Businnere vor. Nur ein junger Mann blieb beim Fahrer stehen und verlangte nach einer Fahrkarte. Routinemäßig erstellte der Mann hinter dem großen Lenkrad den Fahrschein und nannte den Preis, etwas schüchtern, mit fahrigen Bewegungen, zückte der junge Reisende seine Börse, versuchte in ihr das passende Kleingeld zu finden, ließ davon plötzlich wieder ab und gab mit entschuldigendem Blick dem Busfahrer einen Schein. Der drückte ohne zu murren das Wechselgeld aus dem schwarzen Kasten neben sich und wandte sich wieder seinem Armaturenbrett zu, um die Türen zu schließen. Der junge Mann indes verstaute umständlich sein Portemonnaie und stolperte dann, da der Bus nun langsam anfuhr, die letzte Stufe in den Fahrgastraum hoch. Er fand Halt an einer der Stangen, die von den Sitzen zur Decke verliefen und schaute sich so gesichert nach einem Sitzplatz um. Noch war der

Bus so gut wie leer und er konnte sich den ihm angenehmsten Sitz aussuchen. Er plazierte sich auf einer der an der linken Fensterseite verschraubten einzelnen Sitzschalen, über denen im allgemeinen ein Schildchen: "Für Schwerbehinderte" die Buswand ziert. Das soll nicht heißen, daß er eine solche Behinderung hätte, nein, er wollte nur für sich alleine sitzen. Heute fuhr er seit längerer Zeit mal wieder in die Stadt, einfach um ein paar Besorgungen zu machen und speziell, um einen alten Freund wiederzusehen. Er war gut gelaunt und nahm für dieses Vorhaben auch gerne die längere Busfahrt in Kauf. Solch eine Fahrt hat ja nicht nur Unbequemliches an sich, sondern steckt draußen vorm Fenster voller Sehenswürdigkeiten und eventuellen Überraschungen und ist auch bei angenehmen Mitreisenden ein durchaus unterhaltsames Erlebnis. Ein gutgelaunter Schein strahlte aus seinem Gesicht hervor, er setzte sich bequem und beobachtete die vorbeiziehende Morgenlandschaft. Der Bus war schon aus dem Dorf raus und rollte gemächlich über Land auf die nächste Siedlung zu. Leise begannen kleine Gespräche unter den Reisenden. Der junge Mann schaute aus dem Fenster und dachte bei sich darüber nach, wie er die Fahrzeit wohl am besten rumbrächte. Ein Buch hatte er nicht bei sich, er hielt eh nichts davon, im Bus oder in der Bahn sich hinter einer Lektüre zu verschanzen, es gab so viel zu sehen und vielleicht auch was zu tun. Man könnte zum Beispiel seine gute Laune nutzen und den Mitreisenden auf freundliche Weise begegnen. Man könnte zum Beispiel, gleich wenn der Bus voller geworden ist, denn das war abzusehen, seinen eigenen Sitzplatz zur Verfügung stellen und damit jemandem eine Freude machen. Ja, er würde sich selber auch freuen, wenn er so eine andere Person zu einem netten Kopfnicken oder Dankeschön brächte. Das nächste Dorf war schon erreicht. Hier gab es zwei Haltestellen und es würde nicht mehr lange dauern, bis alle Sitzgelegenheiten genutzt sein würden. Jetzt schon aufstehen, nein, er brächte sich so um das kleine Zwiegespräch. Und das wollte er. Es kommt ja auch selten genug vor, daß jemand von sich aus so freundlich ist. Es ist etwas besonderes, ausgefallenes, daß jedoch kein großes Aufsehen erregt, Gott sei Dank. Nur mindestens zwei und vielleicht drei oder vier Personen bemerken es überhaupt und das würde dem jungen Mann vollkommen reichen. Innerlich bereitete er sich schon auf seinen Auftritt vor, er sah nicht mehr ständig aus dem Fenster, sondern beobachtete nun die Einsteigenden und wie der Bus sich beständig füllte. Es wurde ihm zur Genugtuung zu sehen, wie nach und nach die Möglichkeit zum Sitzen immer kleiner wurde. Ja er sah sogar hinter sich, um sicher zu gehen, daß dort mittlerweile die gleiche Fülle herrschte wie in seinem normalen Gesichtsfeld. Eine kleine Aufregung hatte Besitz von ihm ergriffen, so eine Art Lampenfieber, etwas, das das Herz ein wenig schneller schlagen läßt. Es war aber nicht unangenehm, denn ein bißchen Vorfreude mischte sich mit darunter. Der Bus hatte nun schon fast die Stadt erreicht. Langsam wurde es ernst. An der nächsten Haltestelle stiegen schon genug Passagiere zu und als sich der Wagen wieder in Bewegung setzte, waren alle Sitzplätze besetzt. Direkt neben dem Jungen stand ein älterer Herr auf seinen Schirm gestützt. Der junge Mann gab sich einen Ruck und stand auf mit den Worten: "Bitte, wollen Sie nicht sitzen?" Der Herr setzte sich und der Freundliche verlor schlagartig seine gute Laune. "Wie, kein Dankeschön?

Nichts?" schoß es ihm durch den Kopf. Nicht einmal angesehen hatte ihn der Kerl, geschweige denn ein dankbares Lächeln oder ähnliches gezeigt. Er hatte ja fast alles erwartet, aber so ein schlechtes Benehmen nun doch nicht. Er war bitter enttäuscht, wie er da in dem nun recht vollen Bus stand.

Nach einer Weile, so etwa drei bis vier Haltestellen später, ergab es sich, daß er sich wieder setzen konnte. So saß er nun stocksteif da und stierte beleidigt vor sich hin. Er wollte diesen Herrn mit dem Regenschirm auf keinen Fall noch eines Blickes würdigen. Er fuhr nun weiter, sitzend, und langsam wich die Wut von ihm. Dabei stieg in ihm der Gedanke auf, es vielleicht noch einmal zu versuchen. Schließlich kann solch schlechtes Benehmen ja nur eine Ausnahme sein und der nächste Mensch würde ihm seine Freundlichkeit schon eher honorieren. Der Gedanke überzeugte ihn und so begann er sich nach einem neuen "Opfer" umzusehen. Es war jetzt alles nicht mehr so einfach, die Haltestellen folgten hier in der Stadt so dicht aufeinander, daß es eine gehörige Portion an Beobachtungsgabe verlangte, um Stehende von denen zu unterscheiden, die gleich aussteigen wollen. Doch er wollte nicht lange zögern. Er sprang auf und bot einer Dame in Pelz seinen Platz dar. "Sie können sich gerne setzen", sagte er und begleitete die Worte zudem mit einer einladenden Geste seiner Hand. Die Dame schüttelte nur den Kopf. "Danke, ich steig hier aus." sprach sie und wandte sich der Tür zu. Verdutzt ließ sich unser Freund auf seinen Platz zurück fallen. "Nein wie peinlich, so was blödes. Ein Glück, keiner lacht." Er schämte sich. Wenigstens war die Frau nicht unfreundlich gewesen, sondern hatte sich bedankt. Er schaute sich um und faßte einen Plan. Bei der nächsten Haltestelle wollte er warten, bis der Busfahrer die Türen wieder verschloß, und dann, wenn der Bus wieder anfuhr, wollte er seinen Platz anbieten. "Ja, so wollte er es machen." Zufrieden mit sich lehnte er sich zurück, sich auf die Fahrtbewegung des Busses und auf die Geräusche der Türen konzentrierend. Der Bus hielt an, leise zischten die pneumatischen Türriegel, Leute polterten über die Stufen, schließlich signalisierte ein erneutes Zischgeräusch, die Türen wurden geschlossen, durch den Bus ging ein Ruck, er fuhr an, der junge Mann sprang auf, sah sich um und konnte eben noch die Haltestelle erkennen an der er hätte aussteigen müssen, die letzte in der Stadt und mit einem schnellen Schritt war er bei der verlassenen Sitzschale, rechtzeitig, um sich vor einer alten Frau mit Krückstock darauf fallen zu lassen. Ihm war jetzt alles egal. Und der Bus verließ die Stadt auf dem Weg zum nächsten Dorf, das etwa zehn Kilometer entfernt lag.

Inhalt